Los tres cerditos

Margot Zemach

Los tres cerditos

UN CUENTO TRADICIONAL

Traducción de Rita Guibert

MIRASOL / *libros juveniles*   *Farrar, Straus and Giroux*   *New York*

Para Addie, con amor

Hace mucho tiempo, tres cerditos vivían muy felices con su mamá cerda. Pero llegó el día cuando la mamá les dijo que ya era hora que saliesen al mundo a independizarse. —Construyan casas buenas y fuertes —dijo—, y siempre estén a la mira del lobo. Ahora adiós, hijos míos, adiós.

Mientras el primer cerdito seguía su camino encontró un hombre que estaba juntando paja. —Por favor, señor —dijo—, deme algo de paja para construirme una casa.

Entonces el hombre le dio algo de paja y el primer cerdito construyó su casa.

Un día el lobo vino a golpear su puerta. —Cerdito, cerdito — dijo—. ¡Déjame entrar!

Pero el primer cerdito dijo: —No, no, no te dejaré entrar, ¡ni se te ocurra!

Bueno, entonces —dijo el lobo—, voy a bufar y voy a resoplar y derribaré tu casa. Y así bufó y resopló y derribó la casa y se comió el primer cerdito—. ¡Huuuy, delicioso!

Mientras el segundo cerdito seguía su camino encontró un hombre con un montón de palos. —Por favor, señor —dijo—, deme algunos palos para construirme una casa.

Entonces el hombre le dio algunos palos y el segundo cerdito se construyó una casa.

Un día el lobo vino a golpear su puerta. —Cerdito, cerdito —llamó—. ¡Déjame entrar!

Pero el segundo cerdito dijo: —No, no, no te dejaré entrar, ¡ni se te ocurra!

Bueno, entonces —dijo el lobo—, voy a bufar y voy a resoplar y derribaré tu casa.

Y así el lobo bufó y resopló y bufó y resopló y derribó la casa y se comió el segundo cerdito —. ¡Huuuy, delicioso!

Mientras el tercer cerdito seguía su camino encontró un hombre con un montón de ladrillos. —Por favor, señor —dijo—, deme algunos ladrillos para construirme una casa.

Entonces el hombre le dio unos ladrillos y el tercer cerdito se construyó una casa buena y fuerte.

Un día el lobo vino a golpear su puerta. —Cerdito, cerdito —llamó—. ¡Déjame entrar!

Pero el cerdito dijo: —No, no, no te dejaré entrar, ¡ni se te ocurra!

Bueno, entonces —dijo el lobo—, voy a bufar y resoplar y derribaré tu casa.

Y así bufó y resopló y bufó y resopló . . .

   Esto hizo que el lobo se enojara, pero solo dijo: —Cerdito, sé
donde hay un sembrado de nabos.

   —¡Oh! ¿Dónde? —preguntó el tercer cerdito.

   —Derecho abajo en el camino —dijo el lobo —. Vendré a
buscarte mañana por la mañana a las diez e iremos juntos.

A la mañana siguiente el tercer cerdito se levantó a las ocho y se apuró para ir al sembrado de nabos. Había vuelto a su casa sano y salvo cuando el lobo vino a golpear su puerta.

—Cerdito —dijo el lobo—. Es hora de irnos.

—¡Oh! Ya fuí y traje una linda canasta de nabos —dijo el cerdito.

Esto hizo que el lobo se enojara mucho, pero solo dijo: —Pequeño cerdo, sé donde hay un gran árbol de manzanas.

—¡Oh! ¿Dónde?

—Al otro lado de la pradera —dijo el lobo—. Vendré a buscarte mañana a las nueve. Iremos juntos.

A la mañana siguiente el cerdito se levantó a las ocho. Estaba muy ocupado recogiendo manzanas cuando vio venir al lobo.

—Aquí hay una manzana para ti —exclamó el cerdito—, y la tiró tan lejos que el lobo tuvo que salir a la caza de la manzana. Luego el cerdito bajó del árbol y se fue corriendo.

Ni bien el cerdito llegó sano y salvo a su casa vino el lobo a golpear la puerta. —Cerdito— dijo—, mañana habrá una feria en el pueblo. Vendré a buscarte a las ocho.

A la mañana siguiente el cerdito se levantó a las siete y apurado se fue a la feria. Lo estaba pasando muy bien cuando vio venir al lobo. El cerdito saltó y se metió dentro de un barril para esconderse. Pero el barril cayó y bajó rodando por la colina, cada vez más rápido, más rápido, directamente hacia el lobo, ¡y lo derribó de un golpe!

El cerdito se estaba cocinando una gran olla de sopa cuando el lobo vino a golpear su puerta.

—Cerdito —dijo—, no te he visto en la feria.

—¡Oh! Pero yo te vi —dijo el cerdito—. Yo iba dentro del barril que te derribó.

Esto sí que hizo enojar mucho al lobo, mucho más que antes.

—¡Cerdito! —rugió—. Ya estoy harto de tus trucos. Ahora vengo para agarrarte— . El lobo saltó al techo de la casa del cerdito y se tiró por la chimenea, pero justo cayó dentro de la olla de sopa y se cocinó.

Esa noche el tercer cerdito tuvo para la cena sopa de lobo.
¡Huuuy, deliciosa!